KB161988

푸른사상
시선

78

거꾸로 서서 생각합니다

송 정 섭 시집

푸른사상
PRUNSASANG

푸른사상 시선 78

거꾸로 서서 생각합니다

인쇄 · 2017년 7월 27일 | 발행 · 2017년 7월 31일

지은이 · 송정섭
펴낸이 · 한봉숙
펴낸곳 · 푸른사상사

주간 · 맹문재 | 편집 · 지순이 | 교정 · 김수란
등록 · 1999년 7월 8일 제2-2876호
주소 · 경기도 파주시 회동길 337-16(서패동 470-6)
대표전화 · 031) 955-9111(2) | 팩시밀리 · 031) 955-9114
이메일 · prun21c@hanmail.net / prunsasang@naver.com
홈페이지 · http://www.prun21c.com

ⓒ 송정섭, 2017

ISBN 979-11-308-1208-3 04810
ISBN 978-89-5640-765-4 04810 (세트)

값 8,800원

거꾸로 서서 생각합니다

은평 뉴타운으로 거처를 옮기고 해마다 맹꽁이 울음소리를 듣는다.

올 장맛비에도 그 간절한 울음소리를 들을 수 있을까.

아니, 그보다 먼저 내가 어떻게 여기까지 왔는지 모르겠다.

참으로 어처구니없는 세월이다.

2017년 여름

송정섭

| 차례 |

■ 시인의 말

제1부

제2부

제3부

제4부

제1부

걱정 말게

걱정 말게
우주는 집이라네
집 우(宇) 집 주(宙)라네

땅속으로 기어 들어가는 개미집도
저 높은 미루나무 까치집도
하늘다람쥐에게 쫓겨난
오색딱따구리 보금자리도
뻐꾸기가 탁란하는
붉은머리오목눈이 집도
모두 다 우주라네

걱정 말게
우주는 떠도는 집이라네
잠시 잠깐
집에서 집으로 가는
집 우(宇) 집 주(宙)라네

거꾸로 서서 생각합니다

둘레길 운동기구에 거꾸로 서서 생각합니다
나도 한 번쯤 똑바른 물구나무가 되고 싶다고
수없이 직립을 구부린 삶
밑바닥으로 가라앉은 수몰지의 나무처럼
수심에 드러난 깊은 하늘로
무한 창공에 뿌리 뻗고 싶다고
담해수에 잠긴 맹그로브 나무처럼
뻘흙 위로 숨을 내민 뿌리가 되고 싶다고
운동기구에 거꾸로 서서 생각합니다
뒷걸음쳐 밀려날 때마다
거꾸로 선 꽁무니로 지구를 굴리는 쇠똥구리처럼
발아래 펼쳐진 하늘이 보고 싶다고
빈 하늘을 엿살피는 미어캣의 눈초리로
남태평양 정어리 떼를 향해 수직 강하하는 부비 새처럼
동굴 바닥에 떨어져 수천 년을 자라나는 석순처럼
온몸의 무게를 두 팔에 뻗고
날을 세운 부리가 입수하는 중이라고
운동기구에 거꾸로 서서 생각합니다
하늘 위로 날아오르는

벼랑 끝에 선 다이빙 선수처럼
무섭게 질타하는 폭포수처럼
물구나무를 서고 싶다고
올곧은 물구나무가 되고 싶다고

패스트푸드

도넛 치킨 햄버거는 보채는 아이를 좋아한다
호랑이가 나타나도 보채는 아이 곶감처럼 어르고 달랜다
손이 커서 뚝 그칠 수도 없을 것이다
키 작은 선잠이 울음보를 터트리면
탄산 크림 커피로 잇바디 사기질을 발라 먹고 머지않은
미래에는 이보다 잇몸이 더 부드럽다는 입발림을 흘려
미뢰의 구역을 식민지화할 것이다 그예
입맛의 주권을 상실한 혀는
미늘에 걸린 목구멍 때나 벗겨내다
식도에서 맛을 느끼는 미세포를 접목시키고
저작 근육이 축소되어 홀쭉하게 빤 역세모꼴의 아이들은
씹는다는 모국어를 잃고 마신다는 아가미를 우물거릴 것
이다
그래도 빼앗긴 잇자국은 자라나서
한데 쪽잠에 물렁한 잇몸을 갈다가
딱딱한 부럼을 깨고 쇠붙이도 깨물어보는
납작한 악몽에 가위눌려
살찐 중독이 피어날 것이다
그러나 그때에도 오래된 입맛은

포식자의 결핍을 보존하기 위한 비만세를 부과해야 할 것
이다
너나없이 틀니가 아니면 임플란트를 심어야 하므로
큰손의 박수를 받고 먹어봐서 아는 입맛은 장독대 뒤로 밀
려나
물대포 맞고 망명한 장맛을 말달리는 깃발로 세우거나
풍찬노숙 고추장에 손가락을 찍어 먹는
통각이나마 발호해야 하므로

암이 자살한다

암(癌)이란 녀석이
부패(腐)한 음식(品)을 산(山)처럼 해체하고
천지신명께 고하여 비는 제를 올린다

천지조화를 주재하는 모든 신령이여
저의 자살을 용서하소서
마른하늘 날벼락 같은 더부살이로
온갖 부정과 분노를 받고 태어나
수많은 목숨을 죽이고 죽는 저의 자살을 용서하소서
부패한 탐식의 뿌리를 도려내고
너나없는 치명적인 음독으로
뼈와 살이 타는 광선으로 죽이고 죽는
저의 동반자살을 용서하소서

저의 자살이 이 지구에서
굶어 죽어가는 어린이를 구원하게 하소서
세계의 절반이 굶주리지 않게 하소서
한 해 버려지는 음식물 쓰레기가 수백조에 달하는 이 세상
에서

비만으로 허비하는 몸매가 더 절실한

이 지구에서 제가 자살하는 소이가 까닭 없다 하소서

이제 그만 죽음을 죽이는 침샘이 넘쳐

목구멍 가득 부패하지 않게 하소서

자살하지 않게 하소서

태어나지 않게 하소서

곶감

온몸의 살가죽 홀랑 깎인 아픔
벌벌 떨지 못하고
기다랗게 효수되어
손톱눈 반달까지 쓰라린 진물
끈끈한 소름이 엉겨
서릿발 치는 바람까지
쪼글쪼글 배를 곯아도
입 안 가득 고인 단내 삼키지 못하고
허옇게 돋아나는 몸서리
앓고 앓다 앓아는
아름답단 말의 뿌리라며
처마 밑에 줄줄이 내걸린 주렴
동지섣달 칭얼대는 한밤중이
그깟 호랑이보다
무섭기나 할는지

횡단보도

얼룩말의 줄무늬가 검은 바탕에 흰 무늬가 생겨난 것인지
흰 바탕에 검은 무늬가 돋아난 것인지 아무도 모르는 것을
밝히려 하지 마라. 맹수들이 우글거리는 세렝게티 초원에서
눈에 잘 띄는 보호색이 왜 생겨났는지도 묻지 마라. 한 가지
분명한 것은 귀찮게 달라붙는 파리 떼가 흑백의 줄무늬를 싫
어한다는 것이다. 질주하는 차량들이 빨간불을 켠 그 줄무늬
앞에서 꼼짝없이 멈춰 선다는 것이다.

얼룩말의 줄무늬는 누런 가래침에 두 손 비비고 썩어빠진
구린내를 집적거리고 청탁을 가리지 않고 주둥이를 들이대
는 그 습성이 얼마나 괴롭고 성가신 불립문자였을까. 그깟
파리 떼는 모른다. 빨간불을 무시하고 죽기 아니면 살기로
마라 강을 건너가는 얼룩말을 모른다. 산더미 같은 폐지를
등에 지고 횡단보도를 끌고 가는 리어카가 악어에게 끌려 들
어가 갈가리 찢기고 뜯긴 얼룩무늬를 모른다.

파울볼 인디케이터

피처 보크로 걸어 나간 주자가 루상에 선택받았다고 환호하는 사이, 희생번트로 진루한 2루 주자가 그곳에서 태어났다고 뽐내는 사이, 3루에서 태어난 주자가 3루타를 쳤다고 으스대는 사이, 클린히트로 압축된 불방망이가 헛스윙을 연발하는 사이…… 기립하여 애국가를 부른 관중은 지켜본다. 입장료를 치른 재미를 더 두고 본다.

한 점 차의 스코어가 뒤집힐지 모를 9회말 투아웃 이삼루. 풀카운트를 노린 타자의 풀스윙이 스핀 먹은 포물선으로 파울폴을 비껴갈지도 모른다고 생각하는 사이, 안쪽에 자리잡은 관중이 잽싸게 뜰채를 들어 공을 낚아챈다. 와하! 볼을 잡은 관중석은 단번에 허물어진다.

좌측이다. 우측이다. 아니다. 볼의 방향대로 놔두었다면 정확하게 파울폴을 맞혔을 것이다. 아니다. 이것은 누가 봐도 종북이다. 아니다. 북풍 조작이다. 수많은 막대풍선이 몸싸움을 벌이는 사이 입장료를 치르고 기립하여 애국가를 부른 관중이 하나둘 일어선다. 유통기한이 남은 경기는 아직 끝나지 않았다.

가위바위보

병아리 때 쫓기면 수탉 때까지 쫓긴다고
나는 여태 주먹 쥔 그를 당하지 못한다
아무리 덤벼도 가차 없이 얻어터진다
분하고 서럽다
하지만 나는 이긴다
그를 감싸 안는 손바닥은 우습게 이긴다
손바닥에게 꼼짝도 못하는 그를 두고
저런 허깨비에게 어찌 지나 비웃음을 사지만
병아리 때 쫓긴 몸이 수탉 때까지 쫓긴다
내가 온 마음 다해 해보는 맞섬은
말아 쥔 주먹을 펴게 하는 것이다
손가락 숫자를 내보이고
크고 작은 개념을 뒤집는 일이다

가위가 2라면 바위는 0,
보는 5가 되는 손 모양을 보라
2는 0보다 작고 5보다 크다

빚 권하는 사회

누르세요. 전화번호를 누르세요. 외상이면 소도 잡아먹는 다는 말이 거저 떨어집니다.

바닥에 닿지 않고 튀어 오르는 공이 있던가요. 상하좌우로 흔들리는 로데오에 들면 주저 말고 황소의 잔등에 올라타세요. 황소는 뒷발을 하늘 닿게 쳐올리고 무소불위 뿔을 구르며 내달립니다. 기쁨 가득 스릴 만점이지요.

지레 떨어질까 겁먹지 마세요. 바닥으로 떨어져 도리 없는 뿔에 받히고 뒷발에 차이면 물건이 좀 깎인다 해도 남발한 미래가 돌려막는 날까지 바짝 고삐를 죄는 겁니다.

뜨거우면 뒤집으세요. 석쇠에 든 눈과 눈, 콩과 팥을 잽싸게 뒤집으세요. 시뻘건 화상을 입기 전에 뒤집지 않으면 소까지 잡아먹은 외상값을 떼어먹어도 좋습니다.

악어가 걸어간다

살아 있음은 먹고 광내고 걷는 것이다. 고로 나는 걷는다. 그리고 먹는다. 꾸미고 분장한 생사를 불문하고 뽐내며 걷고 폼 잡고 먹는다. 왜 사냐고 물으면 기죽기 싫어 얕잡는 시선이 웃는다. 아니 왜 사느냐고 물으면 있어 보이고 싶은 하이힐이 되어, 부티 나는 벨트가 되어, 반들거리는 수전노의 지갑이 되어 걷는다.

걸어가는 거푸집은 윤기 나고 멋지고 화려하다. 나는 등줄기를 드러낸 건기의 강바닥이 되어 물 한 모금 적시는 목마름을 낚아채고 바동거리는 살점을 뜯어 먹는다. 따가운 땡볕에 몸을 데우고 마라 강을 건너는 누 떼의 몸통을 찢어발긴다.

막이 오른 늪지대의 가늠자로 어긋나는 두 발이 걸어간다. 타앙. 방아쇠에 중독된 정수리를 뚫고 자맥질한 눈웃음이 요염한 무두질로 돌아본다. 죽어도 싼 개중의 곁눈질이 하의 실종 수초를 겨눌 때마다 입안 가득 군침이 돌지만 부들부들 조각난 분노가 반지르르 윤이 흐른다. 유속이 급할수록 부산한 백스테이지는 두 눈에 달아오른 불구의 가방들이 격발된 총신보다 미끈한 두 발로 걸어간다.

나는 발아래 굽어보는 굽 높은 콧대가 되어 먹고 광내고 걷는다. 입을 떡 벌린 핸드백이 되어, 일광욕을 즐기는 벨트가 되어, 가난한 사냥꾼의 지폐가 되어 걷는다.

문페이스

— 거기도 보톡스 리프팅을 하였구나

늙지 않는 얼굴은 깊은 골이 없다
퉁퉁 부어 있다

골짝 없는 산은 흐르는 물이 없다
바짝 말라 있다

물이 없는 계곡은 와 닿는 울림이 없다
텅텅 막혀 있다

민낯을 배반한 주름이 돌아선다. 말하지 않고도 헤아려 짐
작하는 예감된 세월이 멀어진다. 온갖 주사로 골 깊은 등고
선이 메워져서 받아 읽는 독도(讀圖)마저 희미해진다면 더욱
더 알 수 없는 세상, 우주는 앞으로 100억 년 이상 팽창을 거
듭하리라 예측하고 있다.

제2부

구멍

　납품 접대를 하다 받아 마신 반주가 과해 서하남IC를 빠져나오는데 갑자기 쿵, 충격이 덮쳤어. 뻐근한 뒷목을 감싸고 차에서 내렸지. 근데 똥 뀐 놈이 성낸다고 렉서스가 거친 육담을 쏘아대는 거야. 뒤에서 박아놓고 무슨 억지냐고 해도 막무가내였어. 정말이지 그의 입은 굴뚝과 아궁이를 들쑤시는 다단계 속사포였어. 당해낼 재간이 없더라고. 기가 막힌 대리운전 기사도 한 발 뒤로 입을 다물었지. 하지만 예감은 빗나가지 않았어. 그는 음주운전 중이었어.

　대리운전 기사는 구멍 난 구멍을 씹어 뱉으며 늦은 길을 재촉했어. 얼마간 머쓱했어. 세상의 구멍이란 구멍을 되는 대로 늘어놓고 엿가래를 부러뜨리던, 내 풋내기 엿치기 비법이 생각나서 말야. 바늘구멍 열쇠구멍 쥐구멍 개구멍 목구멍…… 돌아보면 세상은 한 발 건너 널린 구멍 천지였어. 들고 나는 곳곳이 구멍이었고 갑 속에 든 속내 또한 깊이를 모르는 구멍이었지.

　구멍에 빠지지 않고 에돌아간 한때가 있었던가. 오늘도 꽁무니를 들이받힌 쿵, 소리가 가까스로 구멍 밖에서 멈춰선 거야.

마파람

5.8의 지진이 나던 날
우리는 사무실을 뛰쳐나와
온몸으로 흔들리며
서로의 가슴을 쓸어안았다
몸을 지녔는데 어떻게 죄를 짓지 않느냐고
거짓말을 하지 않고 어떻게 사랑을 하느냐고
진앙지 깊숙이
불안한 뜬내를 풍기며 불어오는 마파람
사랑의 최대의 적은 민낯으로 익숙해지는 것
우리는 메주가 뜨는 상상으로 시위를 당겼지만
북항로를 향해
빗나간 과녁은 다다르지 못했다
비가 오기도 전에
이대로 돌아서기엔
앞선 걱정이 너무 크다

바다는 처녀다

선상의 화장실 다녀온 중년이 아직도 처녀라고 했다. 온갖 잡것들의 배설, 진저리 치며 받아들였지만 아직도 부끄러운 숫처녀라고 했다. 우우, 말도 되지 않는 소리 집어치우라 해도 애가 끓는 아픔이 넘쳐 끊임없이 부서지는 파도 때문이라고, 쓰라린 상처의 소금기 때문이라고 입심 좋은 너스레를 늘어놓았다.

"깜박하면 당나귀 귀 되겠네요."

나는 중년의 모임 곁으로 팔랑귀를 기울이다가 병후의 그늘이 바다를 보러 나온 아내의 지청구를 듣는다.

물그림자 깔깔대는 선상의 횟집, 피 한 방울 흘리지 않는 우럭의 뼈를 핏빛 수평선에 얼버무려 끓이고 기우뚱 걸음으로 찾아간 화장실은 파도와 내통한 밑창이 술렁거렸다.

곡우(穀雨)

개나리 꽃 진 자리
상갓집 동냥 술에 취한 누더기처럼
길가에 드러누운 색의 몰락도
씨앗의 잠이 깰 무렵
석 자 땅이 마르지 않도록
요의가 급한 몸을 일으킨다

고의춤 추슬러 잡고 싸대다가
으스스 진저리 난 먹빛 구름 내리고
꼭지에서 터지는 탄성으로
찰나에 번쩍이는 긴 칼을 휘둘러
후드득 비를 뿌린다

젖은 몸매에 맘이 동하여
삼라만상이 지켜보는 가운데
산천초목이 숨을 죽인 눈 깜작할 사이에
몸통을 흔들어 방정(放精)하는 연어처럼

일을 치른다

푸른 하늘 누런 땅
한데 버무려 몸을 푼 연두
하늘 보고 땅에 선다

놋숟가락

너럭바위 시누대밭에서
해 질 녘을 숨바꼭질하던 아이들이
꼼지락거리는 핏덩어리에 놀라
저녁연기 피어오르는 동네를 발칵 뒤집었다
뒤미처 지서의 순경들이 들이닥치고
온 마을 처녀들이 이장네 마당으로 모여들었다

끌려 나온 홍 부잣집 부엌데기
발목까지 흘린 피는 말라붙고
치마끈 둘러맨
옷가슴은 젖어 있었다

누군지도 몰러유
아주머님이 돌아가셔 닷새 초상을 치르는 밤마다
되는대로 섞여 잤으니께유
출상하기 전날 밤엔 외마디가 목에 차서
덮친 어둠 밀쳐내려 몸부림을 쳤는디도
늦게꺼정 허드렛일에 지친 잠이 마구 쏟아졌슨께유

부엌데기는 울었다
돌아보며 뒤돌아보며 울었다
코 찢긴 검정 고무신
한쪽 손이 쥐고 있는 것은 놋숟가락이었다
몽당 닳은 놋숟가락이었다

할미꽃

그녀는 해마다 알코올중독자였다
간성혼수로 실려 가길 여러 번
의식만 돌아서면 찾는 건 술뿐이었다
그러던 어느 봄날
낼모레 적군이 들이닥칠지도 모른다는 봉홧불을 받았다
그녀는 부랴부랴 술잔을 내려놓고 하루 두 갑 이상 피우던
담배도 끊었다
급기야 허리를 구부리고
꽃 피고 새 우는 눈길마저 끊고 말았다

손발 떠는 금단증상을 그대로 두면
한식날에 꽃을 피울지 모른다는 소식을 전해 듣고
흑탄 백탄 냉과리 솔거하고 찾아와
먼 산을 보며 술을 따르고 담배를 피워 올렸다
그녀는 입맛을 다시며 허리 굽힌 술잔을 내려다보았다
그때였다
불콰한 입술에 놀란 손이 불쑥,
흠향도 하지 않은 술을 무덤 밖에 쏟아부었다

사람 같은

봄볕이 어질머리 앓는 고샅으로
유채꽃밭에서 흘레붙은 누렁이 꽁무니가
늘어뜨린 혓바닥을 끌고 간다
민망한 응달은 꼬리도 길어
어른들은 아낙네가 볼까 무섭다며
간짓대로 후려치고
개구쟁이 조무래기도 냅다,
찬물 바가지를 끼얹는다
이런 개 같은

두 발로 걷는 저 당당한 얼굴은
아무 때나 가리지 않고 하는 거야
번식에 관계없이
자웅을 사고팔면서
은밀한 낙태도 공공연히
두 눈 가리고 하는 거야
암컷이 새끼를 배고 있을 때도 줄곧,
그 짓을 한다는 거야
저런 사람 같은

노욕(老慾)

노인은 고희 무렵까지 열 계집 마다하지 않는 절륜가였다.

선대의 유산을 물려받아 한평생 유복하게 살아온 노인은
여러 배다른 자식들에게 골고루 재산을 분배하고 끔찍이 아
끼던 것들도 적소에 비우고 나눴다. 돌아올 봄을 기다리지
않는 건 아니었지만 정명(定命)을 예감한 노인은 날마다 정갈
하게 몸단속하고 죽음복을 기원했다. 노망들지 않고, 똥오줌
받아내지 않고 길어도 2, 3일 안에 자는 듯이 가는 것을 소원
하였다.

모두 다 비우고 나눈 만화방창한 봄날인데, 하루에도 열두
번 보잘것없고 초라한 것이 눈에 밟혔다. 노인은 더 망설이
지 않고 비뇨기과를 찾았다.

의사는 미수(米壽)의 노인이 음경확대수술을 받고자 하는
속내를 차트에 기록했다.

염할 때를 걱정함.

사전 MC

당신은 냉담한 방청객에게 뜨거운 입술로 다가간다

암내 낸 암말이 사타구니를 걷어차도 끈적한 침버캐로 어루만진다

무심한 객석의 속정이 열리고 아랫도리 가림막이 불거진다

꼿꼿하게 발기한 당신은 앞발을 쳐들고 올라간다

가림막을 뚫으려고 곧추세운 허리를 떨며 울부짖는다

곁눈질로 입을 가린 방청석은 이내 웃음꽃이 흐드러진다

당신은 죽 쑤어 종마 주고 내려온다

달아오른 방청객을 두고 끌려나온다

이제 썰렁한 시정마는 아무도 없다

낙화

날카로운 입술이 만개한 정염을 사르는 동안 꽃잎은 꽃술의 둘레에서 날개가 굴신하는 체위를 지켜볼 뿐 둥실 달아올라 입 안에 고인 침을 삼키지 않는다. 숨 가쁜 교성이 무호흡으로 간드러져도 투정에 눈먼 귀를 막고 몸부림치지도 않는다. 사무친 정한이 홀연히 떠나가도 프로포폴을 맞고 죽을 잠이 들거나 몽롱한 불안장애를 부른 적도 없다.

늘씬한 몸매로 피어나라. 간절한 색깔로 흔들려라. 거듭된 성형으로 진화하라. 꽃술은 뭇 유혹을 강요당한 꽃잎에게 체중과다 옵션거래나 추가요금은 없다고 꽃밥에 홀린 단내나 맛보라 하지만 날개를 홀린 꽃잎은 시들어가는 숨결에 받아 열흘 붉은 목을 매지 못해 떨어진다.

벌새 다이어트

가슴이 너무 작아요

가슴근육이 차지하는 무게가
체중의 삼분의 일이 되도록
양껏 먹고 맘껏 날갯짓하세요

틀림없이 뜹니다

1초에 60번 이상 날갯짓하면
어느 순간 마침내 날개가 되어
정비범상(停飛帆翔)에 이릅니다

달개비 호텔 피트니스센터 코끼리 관장은
신입 다이어트 회원들에게
꿀팁으로 가져온
층층이 비만한 햄버거를
날갯짓할 양만큼 맘껏 먹으라 하였다

플라시보 사랑

거짓말은 전생에 연민의 목을 치던 망나니였다

달밤에 월담한 살구꽃을 보았다고, 누명을 쓴 유생이 있었다
망나니는 그의 목을 고드름으로 내리쳤다
그런데 그는 죽었다
피 한 방울 흘리지 않고 고개를 떨어뜨렸다

죽고 싶단 말이 입에 발린, 벌레 먹은 풋살구가 있었다
망나니는 숭어알을 복어알이라 이르고 밥상에 올렸다
그런데 질긴 목줄이 끊어졌다
독 하나 남기지 않고 떨어졌다

달빛 푸진 주막거리
해마다 지나가는 발목을 걸고 넘어지는 복사꽃이 있었다
거나하게 젖은 망나니는 큰칼 내두르며
안 속는다, 안 속아
날리는 꽃잎을 지르밟고 비껴간다

큰칼 차고 설치는 풋내기 망나니야

첫눈에 거짓말 모르는 사랑은 없다

복사꽃잎 날리는 봄밤은 가지 말고, 거기

가위다리 괸 뿌렁구

호미걸이에 속아 넘어져라

보리밭

주막거리 화전에 막걸리를 퍼마시고
갈지자로 문드러진 달빛이
부황 든 보릿고개보다 서러운 손목을 끌고 들어와
치마끈을 풀고 누웠을 때도
야밤 몰래 늦된 모가지를 베어다가
청맥죽을 쑤어 먹었을 때도
아이들이 보리민대를 해먹고
깜부기 분칠을 했을 때도
나는 모른다, 눈을 감고 입을 다물었다

누렇게 익어가는 초여름 햇살이
하늘 높이 지저귀는 종달새의 둥지와
알을 깨고 날아간 들꿩의 행방을 묻지 않듯이
어느 비바람 몰아치는 날
찰나에 번쩍이는 긴 칼을 내리꽂고
우르르 몸을 떠는 천둥벽력도
꼼지락거리는 핏덩어리가
허연 뼈를 드러낸 간음도 나는 모른다,

눈을 감고 입을 다물었다

쓰러진 보리밭을 묻지 마라
봄 저녁 한 시각*
가슴 저린 치마끈 풀어헤친 바람이
고주망태 달빛에 이끌려
보리밭도 모르는 묵언이었을 뿐이다

* 소동파의 시에서

소나무 분재

내가 깎아지른 바위틈에 서서
모진 비바람 다 견디고
가벼운 눈의 무게를 못 이겨 어깨가 휘어졌을 때
산잔등 골짝까지 골프장이 들어선다고
죽죽 뻗은 그 잘난 이웃들
밑동부터 잘리고 동강나서 별 볼 일 없는 목재로
화목으로 실려 나갔는데
지지리도 땅딸한 몸
팔다리 비틀리고 등허리 굽은 나를
길거리 야전병원 수술대로 옮겨
네댓 개의 부목으로 허리를 깁스하고
어깨뼈를 고정하는 철선을 매달았다
집도의는 말했다
회복실의 눈길이
기름진 가슴 벌판을 훔치면 생이고
한눈팔면 벌겋게 말라 죽을 것이라고

비옥한 눈요기 욕정으로
수형을 담보한 목숨

전족의 화분에 잔뿌리 내리고

늘 푸른 나의 알몸은 두꺼운 철면피가 되었다

아침 밥상

  신학기에 들어온 어처구니 하숙생이 책가방을 걸 수 있다,
없다
  짜장면 내기를 걸었는데요
  하필 하숙집 아줌마가 밥상 들고 들어오는 바람에
  바지춤 내린 아랫도리를 홱 돌렸는데요
  거시기에 얼추 걸친 책가방이 밥상 위에 떨어지고
  반찬 쏟고 국물 엎지르고 밥이 뭉개졌는데요
  하숙집 아줌마는 낭자한 숫내 거두어 들고
  밥상을 다시 차려 왔는데요
  킥킥 사레들린 김칫국이 벌겋게 달아올랐는데요
  책가방을 끼고 죽어라 골목길을 뛰었는데요

  일요일 한낮 짜장면을 시켰는데요
  오랜만에 식탁에 둘러앉아
  춘장에 비벼지지 않는 그때를 버무렸는데요
  고개 숙이고 짜장면 먹는 아이들의 이마를 보면
  수많은 곱빼기가 죽고도 살았는데요
  굵은 소금에 맞아 뻣센 숨만 살아남은 나잇살이
  밤새 지아비에게 주는 아침밥상이라고

속 뜨건 매생이국을 끓여놓고 시치미를 떼는 저녁인데요

벌써 입술을 덴 아침인데요

한손 들고 꾸벅거리는 전철인데요

제3부

베란다에서

어느 시러베 귀촌이
주말마다 쓰러져가는 두메로 돌아와
버팀목 괴고 삼겹살 구워 먹는 솔밭에서
세 촉 춘란을 가솔하고
뿌리째 뽑혀 올라와
한 줌의 물과
손바닥만 한 햇살의 갈망으로 살아간다
하루 또 하루

사는가
살아지는가
사라지는가

산채(山採) 솔밭에 두고 온 목숨
같지 아니한 것을 사랑하고 있으므로
새싹이 밀어올린 돌연한 봄 시름은
예기치 못한 몸속 모반이 일으키는
족보에 없는 잎 무늬다
뿌리가 색다른 꽃잎이다

몸살 유감

외딴 산막에서 열흘 남짓
밤샘지기로 졸린 어둠을 쫓았더니
된통 얻어맞은 코피가 터지고
뼈마디마다 단내가 나는 오한이 들었다
시난고난 앓아누웠다
사흘 만에 자리를 털고 일어났지만
다 된 밥이 꿰찬 중심을 잃었다
눈꺼풀의 한계를 드러냈을 뿐인데
뭘 잘못했다고
생각할수록 분하고 억울했다
에라, 이 천하에 몹쓸 놈아!
나는 인정사정없는 손을 빌려
날카로운 창으로 찌르고
중뿔난 엉덩이를 내리쳤다
그는 게거품을 물고 나가떨어졌다
살아날까, 삼시 세 때 약을 먹였다
그예 그는 눈을 감았다
미안했다
갈데없이 떠돌다 들른 손님

무슨 잘못 그리 크다고
거적에 덮인 발이 부석하고 추레했다

빈틈

어느 쪽이 터졌느냐
터진 데로 살아가라

안이 갇히면 쪼는 금 갈라지고
밖이 막히면 찍는 틈 벌어진다
날카로운 발톱에 긁혀
갈퀴 자국처럼 갈라진 손등도
궁하면 또 터지고
지나가면 다시 아문다

천지사방 꽉 막힌 안팎이라도
터진 데로 살아가라
하늘이 무너지고 땅이 꺼져도
금 가고 틈 난 데로
갈라터진 빈틈으로 살아가라

한 우물

지하수 하나 뚫는데 서너 명의 개발업자가 손을 놓았다
수맥에 이르는 지하 암반층이 너무 멀고 깊다는 것

지하수를 잘 판다는 사람을 소개받았다
그는 비가 올 때까지
비가 내리지 않는 인디언 기우제처럼
믿어도 좋을 선금을 요구했다
허탕 셈 치고 돈을 주고 맡겼다
그는 포기한 업자가 굴착한 폐공을 파고 또 팠다

마침내 깊고 먼 꿈이 솟구쳤다
나는 마중 나간 해몽이 궁금했다

비법이랄 것도 없습니다
그냥 물이 나올 때까지 파는 겁니다

빈집

툇마루에 걸터앉아 기운 햇살이
오래된 고요가 허문 응달을 바라본다
해거름 개미가 집을 짓고 있다면 내일도
비가 오지 않는 기다림이고
떨어진 문짝에 열쇠가 잠겨 있다면
언젠가 돌아오겠다는 약속이다

뿔뿔이 떠나보낸 소식이 궁금해
웃자란 철부지 걱정을 앞세우고
울 밖으로 걸어 나온 고욤나무 한 그루
그만 놀고 밥 먹어라
부르는 소리 우련하고
어김없는 땅거미는 숫돌에 낫을 갈아
토방까지 기어오른 그리움을 베어내고
풀비린내 자욱한 어둑발로 들어선다

구멍 난 무쇠솥에 사무친 모정이
불기 없는 아궁이에 숨을 고아도
거미줄 친 개다리소반에는

허기진 날벌레가 왱왱거리고
밥물 끓는 냄새를 타고
떠나간 날의 지네가
부뚜막 시렁을 스쳐간다

담쟁이

오르고 오르면 그 끝은 어디인가
오체투지로 한 뼘 더 가까이
한 발 더 높이 기어오르고 싶은
온몸의 길이
자꾸만 등을 떠민다

끝내 오르고야 말리라
아무도 밟지 않는 수직에 엎드려
가도 가도 가파른 정점에 다다르면
허공중에 풀어헤친 머리채가
텅 빈 고도를 바라본다

어디로 가야 하나
담쟁이는 질주하는 고속도로 갓길에서
방음벽을 움켜쥔 온몸으로
더는 오를 수도
내려갈 수도 없는 길을 흔든다

모두 앞만 보고 달린다

문지방

눈코입이 떨어져 나가고
가슴팍도 허물어져
등허리가 내려앉은 폐가
일평생 누워먹은 문지방이 반드럽다
구멍 난 지붕 타고 내려온 봄볕이
문턱 밑이 황천이라
한 발 걸음을 미적거린다

넘어오라 봄볕이여!
시나브로 저승과 이승을 오가면
죽어라 노는 거야
살아생전 끊임없이 넘나든 유애(有涯)를 두고
빛과 그늘로 놀다 가야
썩지 않고 닳아지는 거야

문지방에 한 발 걸친 광음이
들이민 고개를 갸웃거린다

벽장

전라남도 무안 망운
내가 태어난 곳
일제가 군사 비행장 건설하다 줄행랑친 곳

6 · 25전쟁이 나자 인공(人共)이 일어나
좌우로 갈린 목숨들이 개죽음을 당할 때
개 짖는 소리에 놀란 동네 청년은 벽장 속에 숨었다
여기저기 쑤석대던 죽창이 허벅지를 관통했지만
이를 악문 무명베옷이 죽창을 싸잡았다
피 한 방울 묻어나지 않도록
바튼 숨을 옥죄었다

개 울음소리가 떠도는 군사 비행장 그 자리에
그예 무안국제공항이 들어서고
난생처음 비행기 타고 내려간 고향
마을회관으로 파뿌리만 모여 사는 동네는
공항 진입로가 갉아먹은 논배미 보상비로
낡은 집 수리했다고 자랑삼았다
차례상에 엎드려 절하고 비켜서는데
무명베옷이 좌정한 벽장이 간데없다

안부

주말농장에 고구마를 심으려고
축축한 지난날을 삽으로 엎었더니
단두대에 목이 잘린 지렁이가 꿈틀거렸습니다

삽질을 내던지고 등진 고향
나는 썩어빠진 빈껍데기
무광에서 자란 고구마 순을 잘라 심고
허리가 끊어지는 눈발로
하나 둘
빈 마당에 억새꽃만 쇠어가는
그대 안부를 묻습니다

거기 고구마가 썩어가던 토담방은 잘 있습니까
쇠죽을 끓이던 아궁이도 잘 있습니까
이다지 허리가 뻐근한 날은
고구마술이 뜨는 아랫목에 기대 누워
귀 기울이던 봉창이 그립습니다

나 아직 거기 있습니다

헛것이 보인다

죽도록 그리움이 깊으면
성한 눈도 멀어
보이지 않는 것이 보이는
그 무엇의 무엇의 무엇이 시라는데
어디서 어떻게 왔는지 모를 신열과
온몸이 끌려가는 쟁기질로
묵정밭을 갈아엎던 어느 해
마침내 내 눈에는
남이 보지 못하는 것들이 어리비쳤다
어둠에 눈을 감고 고개를 흔들면
푸르스름한 불덩이가 휘돌고
한낮에는 잡으려 해도 잡히지 않는
기문둔갑한 날파리가 날아다녔다
의사는 아직 망막에 큰 병변은 없다며
그저 그대로 지내라 했다
수많은 날개가 큰불로 번지지 않는다면
그냥 동무 삼아 견디라 했다
누군가는 가장 확실한 미래를 보려고
시를 쓴다는데

나는 왜 간절한 것을 부르지 못하고
말짱 헛것을 보는지 모르겠다

보이지 않는다

보이지 않는 손님이 가는 날을 잡은
다시 볼지 모를 문병을 가서
차갑게 식어가는 손을 놓고
한마디 빈말도 잃은
나를 본다

함께 간 일행과 갈데없는 저녁답에 주저앉아
훌쩍이다 들이켠 통음으로
인적 끊긴 한밤을 건너다가
빛줄기 택시에 몸을 싣는
나를 본다

웃돈을 얹고 탑승한 거기까지
뚝 끊긴 필름이 다급한 달음박질로
언뜻 스쳐가는 나를 본다
종적도 없는 나를 본다

두통만 한 베란다 햇살이 쓰린 중천을 보는 아침
부어터진 황태를 사 들고 온 아내가

엘리베이터에서 지린내가 진동한다고
동영상을 간수하는 관리사무실은
사생활 보호 차원만 들먹인다고 볼멘소리다

다행이다
나는 보이지 않는다
아무리 눈을 감고 보려 해도
앞문 열린 나는 보이지 않는다

그런 날이 있을까

　매운 통각에 간이 들자 가슴 뛰는 세상의 모든 입맛이 골마
지 끼고 시어져서 멀리 바라만 보아도, 뜨물에도 애가 밸까
무청 묵은 된장을 풀어 녹슨 화덕에 올려놓고 불을 지폈다.

　그런 날이 있을까

　조왕신이여!
　저는 정녕 감칠맛 나는 손맛이 없나이다, 아무리 우겨도
　한 수저 오장육부가 자지러지는
　맛난 국밥 한 그릇 말아낼 수 있을까

　뿔 빠진 뿌사리 같은 얼굴로
　도깨비와 씨름해도 좋은 날에
　말짱 맹탕이 미천한 이마를 내리치는 날에
　밤새 먹고 마셔도
　허기지고 민숭한 그런 날에
　타다 만 장작이 젖은 불로 피어나
　매운 연기 자욱한 눈물로
　속울음 깊고 깊은

소주병

어젯밤 그녀는 처녀의 몸이 열리고
들입다 들이민 입맞춤으로
군내 나는 입속에 곤두서서
온몸을 거침없이 쏟아 부었다
단숨에 동이 난 그녀는 흘러가서
피보다 더 뜨거워져라 당부하고
바람찬 목구멍을 내벌린 채
인적 끊긴 지하도에 몸을 버렸다

첫 전철이 들어오고
지하도를 울리는 구두 발자국 소리

두 발로 걷는다고
손가락 문자를 주고받는다고
노숙의 골판지 곁에 널브러진
텅 빈 알몸을 흘기지 마라
그녀는 한 방울 남김없이
식은 밥 뜸을 들인
엄동의 입김이었다

분갈이

물 한 모금 넘기기 힘든 인도고무나무
분갈이하는 중에
송파경찰서에서 착불로 부친
며칠 전에 헤어진 술자리가 돌아왔다
주민등록증만 덩그러니 들어 있다
나는 적잖이 손망실된 그때의 얼굴을 꺼내 보았다

나를 마신 남우세가 차고 넘쳤을까
돌아온 탕자 같았다
분수를 모르고 풀어헤친 돌망태가
넥타이를 매고 돌아온 것도 다행이라 여겨졌다

굴레에 갇힌 뿌리는 아무리 가득 차도
비우지 못하고 친친 감아 뻗어간다
뻗는 만큼 도드라지지 않는 흙은 단단하게 뭉쳐
끝내 꽉 찬 뿌리가 옴짝도 못하는
화분을 깨트리고 말았다

나는 견고한 흙이 움켜쥔 뿌리를

툴툴 털어 잘라내고
새로 산 화분에 옮겨 심었다

이중노출

억지로 우는 것이 이토록 힘든 줄 몰랐다
이끼 긴 돌담은 눅눅한 가슴팍인데
하품하다 흘린 눈물도 배어나지 않는다
슬픔이 복받쳐 터트리는 울음도
맡겨 기를 수 있다면
누군가의 눈망울에 숨겨 키우고 싶다

선웃음 짓는 것이 이토록 서러운 줄 몰랐다
힘센 자의 비위를 맞추고 싶은데
헛웃음 치다 흘린 눈물도 주워 담지 못한다
미운 사람 생각하며 참는 웃음도
남겨둘 수 있다면
누군가의 입꼬리에 걸어 매달고 싶다

나는 밥상에 앉으면 웃음을 삼킨다
악어가 턱뼈를 떡 벌려 눈물샘을 자극하고
통째로 집어삼키듯
한입 가득 눈물이 날 때 침을 넘기고
마른침이 고일 때 웃음을 삼킨다

찬밥 한 그릇 생각만 해도

웃음 산 눈시울 뜨거워진다

탁란

처가살이 이삿짐을 꾸리던 날
겉보리 서 말에 이끌려 간 멧갓에서
날개 접은 뻐꾸기가 눈앞에 떨어져 헐떡거렸다
다가가면 풀쩍 날아 쓰러지고 잽싸게
달려가면 푸드덕 날아 떨어지는
붉은 눈자위 절뚝거리는 병신춤이
금방이라도 넋을 빼듯이 나를 홀렸다

가파른 가시덤불 비탈길로
나를 한사코 유인하는 걸 보면
뻐꾸기 눈발 어딘가에 오목눈이 둥지가 있는 듯한데
고요한 숲이 스스로 눈을 가렸는지
제 새끼 키운 공갚음은 보이지 않았다

몸을 푼 뻐꾸기 둥지에서
흙먼지 자욱한 시골길로
이삿짐에 실려 가던 아내가 흐느꼈다
눈먼 바늘 실에 꿰어
젖 도는 가슴을 떼어놓았노라고

꽃밭에서

대중목욕탕에서 벌겋게 달군 몸이 노곤했다
소파에 길게 앉아 TV를 보다가
나비가 비를 긋는 꽃밭에서
깜박 잠이 들었는데
TV는 꺼져 있고
집 안은 텅 빈 듯이 고요하다

어스레 창밖으로
한 점 까치가 까만 빗금으로 떨어지고
까무잡잡한 맨발이 폴짝거린다
다 닳은 검정 고무신 벗어 들고
고무줄을 감아 올린 무명 치마가 펄렁거린다
배 꺼지니 뛰지 말라는
짧은 단발머리가 촐랑거린다

게가 어딘지 알 수 없는 아이가
베란다로 나아가
물 때 낀 어린이놀이터를 내려다본다
야윈 햇살 끌고 가는 아무도 없는 해거름에서
고무줄놀이 하는 아이들이 왁자하다

아직도

수직의 빗줄기를 더듬거렸지요
갓 난 덩굴손이 구부러지는 것도 모르고 움켰지요
될성부른 떡잎도 아닌 것이
부복의 이마를 기어올라 삐딱하게 휘어진다고
웃자란 싹수가 노랗다고
엄한 꾸지람이 뻗쳤지요

저뭇한 가로등 눈발이 날리고
먼 불빛마저 흔들리는 밤이었지요
누군가를 애타게 떨칠 수도 없는
먼동이 트는 어둑새벽
굴절된 직선의 불안이
어딘지도 모를 기차를 떠나갔지요

잎눈 꽃눈 돌아온 자리마다
반듯하게 굽어지라고
이유 없는 덩굴손 움켜쥔 수직선이
얼마나 호된 벽과 마주쳤는지
빗맞은 불똥 튀는 줄도 모르고 박히는

못이었지요

망치였지요

아직도

직선 하나 걸어놓지 못한

손가락에게

자판을 두드리는 손가락도 춥고 고픈 외로움인데
쏟아내고 토해내고 속삭이는 것도
지친 어깨를 다독거리는 손바닥도
들고일어나 분노하는 새들의 지저귐도
산자수명 청풍명월 미사여구도
모두 다 외로운 배고픔인데
손가락이 손가락을 손짓하는 자판에 걸터앉아
서푼어치 보낸 맘을 기대고 시린 어깨를 감싼다 해도
또 다른 손가락을 만나는 것인데

바람비 수상한 바다
물밑을 더듬거린 손가락이 불어올라
분망하던 지문인식도 수양버들 가지처럼 날리는데
길고 긴 꼬리글에 매달려
널따란 바다 수중 탐색 깊다 해도
그대 발밑에 떠밀린 것은
흔하디흔한 해초와 갯솜일 텐데

자벌레로 기어 나온 수많은 손가락이

물결도 깊어지는 파도에 누워
인이 박힌 한낮을 노려보는데
손가락을 깍지 껴도 무릎을 맞댄 정강이가
단단한 하품을 물고 저물어가는데
머나먼 열사에 장대비가 내려도
와디를 홀로 걷는
움푹 팬 발자국이 보였을 텐데

제4부

열린 외출

기나긴 지하철을 졸다가
가파른 에스컬레이터를 타고 올라
모꼬지를 눈앞에 둔 아내가 돌아본다
－당신 참, 가스불 잠갔어요?
－?!

얼굴만 내밀고 돌아선 귀갓길
초벌 우린 사골이 졸아들고
굳게 다문 뚜껑이 들썩거린다
잰 계단을 밟아 올라 또 한 번
현관문을 여는 아내의 손이 돌아본다
－문도 잠그지 않고……
－불도둑은 들지 않았잖아

수목한계선

진눈깨비 날리는 아침
아들의 출근보다 일찍 집을 나선다
수목한계선에 다가갈수록 얕은 백야의 잠
시름시름 그루잠도 희뿌연
자작나무 오리나무 버드나무 미루나무
용산역에서 온양온천역까지
시니어패스 전철에 올라앉아
툰드라로 가는 길은 만원이다

구부정한 경계는 새소리도 멀어져가지만
봄이 오는 소식에 차창 밖 풍경은 젊어져서
동토에 방목하는 순록을 만나면
숫눈 헤친 지의류로 점심을 때우고
온천물에 저린 등걸 자근자근 데우다가
염치없는 대합실 의자에 기대는 하품
차고 넘치는 것은
얼마 남지 않은 노을뿐이다

무릎까지 내려간 노을빛이

아들의 퇴근보다 늦게 들어가려고
인적 없는 무인역
갈데없는 어스름을 떠나보내고
어둑서니 홀로 남아 밤 전철을 기다린다

치매

천국에 가고 싶다는 사람들조차
그곳에 가기 위해 죽기를 원치 않지만*
오늘은 문병 온 고종사촌이
날카로운 대꼬챙이로
구름에 들지 못한 예를 들어
정상적인 파리는 20일을 살지만
날개 뜯긴 파리는 60일을 산다는,
시공에 지친 정적을 터뜨렸다

날개 잃은 인지기능은
세 곱 유예된 비손
언제까지나 돋지 않는 날개는
얼마나 멀리 두 손 비벼야
몸을 푼 강물 되어 날아오를까
손과 날개는 상사기관이라는데

* 스티브 잡스 어록에서

발인 전야

깊은 밤, 예고도 없이 켜놓은 촛불이 국화꽃 한 송이를 건네주고 소실점으로 웃고 있다.

저도 모르고 남도 모르는, 한순간 끌고 간 스키드 마크가 해독 불가하다 해도, 급발진 사고의 증강현실이 미필적 공간을 삭제했다 해도, 옹벽을 향한 무모한 돌진은 페달의 착각이 아니라 해도, 세상의 양심이라 믿었던 것들이 등 뒤의 손으로 떠나간다 해도 한눈에 우러른 영정은 웃고 있다.

어둠을 사르는 묵시의 먼동은 제 살 찢고 핀 가시연꽃이 얼마큼 아픈 점지를 받았는지, 자갈밭을 갈아엎은 숨찬 보습이 어떻게 눈이 되고 귀가 되고 입이 되었는지, 종합병원 영안실을 떠도는 혼불은 조등도 내린 어느 문전에 머물다 가는지 발인 전야, 소실점으로 멀어지는 촛불이 국화꽃 한 송이를 받아들고 웃고 있다.

고독사

춤추고 노래했다
때로는 환호성을 지르며
지구의를 치고 차고 굴리고 던졌다
별에서 온 먼지가 되어
저세상의 날이 저물고 저물어도
허구한 소식과 기상예보를 전해주었다
모로 드러누운 화면에는
연탄을 나르는 자원봉사 활동이 전시되고
민생의 정쟁이 그칠 새 없었지만
최저 생계로 밀폐된 단칸방에
외로움을 켜놓고 잠든 날이 넉 달인데
한 발 건너 문턱 밑은 철이 없었다

홀로 주검을 뜬눈으로 지켜본 것은
두 눈이 썩어 문드러지도록
너무 오래 웃고 떠들고
지지고 볶아
맛이 간
바보상자였다

고사목

나는 뼈를 드러낸 누드다

뭘 더 바라는지
바람은 그칠 새 없이 나를 벗긴다
한때는 너무 무성한 신열이 두려워
폭설 속에 팔뚝을 잘라 바친
나를 불질러놓고
허옇게 타다 만 그리움도
분에 넘친 덧옷이라고
내가 당신 곁을 떠날 수 있었다면
지금 이 자리 이곳에서
벼락이라도 맞아 죽은 지 오래인데
거센 눈발로 돌이키는 바람
모진 것도 사랑이라고
뼛속까지 나를 벗긴다

타프롬*과 뿌리

사원의 불가사의는 뿌리에 사로잡힌 해탈의 고행이다.

나는 뿌리가 아니라 물관을 떠도는 멀고 먼 핏줄, 이승의 뼈가 떠나보내지 못한 지박령의 현신이다. 너에게 노역한 수십만 개의 돌조각은 짓밟힌 유민의 넋, 내가 너에게 빙의한 업장이 뻗어 내린다.

나는 극락왕생을 기원한 너의 어머니를 축성한 후 적멸이 그리운 성장, 아직은 성장억제제를 맞을 때가 아니고 이미 한 몸이 된 발목을 자를 때도 아니다.

나는 너와 같음과 다름이 존재하지 않는 일체의 묵언이다. 돌과 뿌리가 차안과 피안도 없는 요원한 고행의 참선이다. 부조에 갇힌 압사라 무녀가 무언극의 가락에 춤을 추는 날, 나의 덧없는 성장도 멈추리라. 너 또한 허물어지리라.

* 앙코르와트에 있는 불교 사원

아버지 생각

낮에는 푸르른 소나무가
땅거미가 지고 나니 까맣게 보인다

구름에 가린 초사흘 달
겨울밤이 깊도록 눈이 내린다

그리움은 빛을 잃은 어둠 속에서도
하얗게 내린다

화문석(花紋石)

돌림 홍역에 떠난 누이
열에 들뜬 이부자리 개어놓은 것이다
몹시 아픈 파열음으로
가위눌린 악몽 소스라친 것이다
납작 엎드린 뜨거운 한숨으로
가장 단단한 고요 열어젖힌 것이다
속곳 속의 속꽃 내보인 것이다

누이야, 누이야
열꽃 바람 따라가 꽃이 된 누이야

피는 자리 내보이기 싫다고
꼭꼭 숨어 피는 꽃도 있다고
연분홍 열꽃 속살이 수줍던 누이
돌림 홍역에 바람 들라
열에 떠는 문풍지 덧붙이고 오뉴월
솜이불 같은 진땀에 젖어
이제야 마른 꽃을 드러낸

대왕참나무

바람 불어 봄날
대왕참나무 한 그루
봉래산 불로초를 구하려고
삼천 동남동녀 이끌고 온
서불의 후손인가
지난겨울 삭풍에도
말라빠진 잎사귀 죄 거느리고
안간힘을 다해 대롱거리다가
청명 곡우 비바람에 우수수 떨어진다
새싹이 움트는 떨켜에 밀려
마지못해 뿌리로 돌아간다

그대
병마도용 거느리고
청동거마*에 올라앉은 구천이여
이제 그만 눈을 떠라
늙지도 죽지도 않고 돌아가려는
저 소란이 멈춰지도록

* 진시황릉 병마용갱에서 출토된 청동마차

이팝나무 꽃

등 따숩고 배부른 아랫목도
황토 고개 넘으면
시취 나는 한물인데
그만 때고
그만 퍼냈으면

가기 전에 내보인 손
더운 밥 한 그릇 차리는 일인데
한 생애 옷을 태워
부황 나게 뜸 들이는
이밥 한 솥

초혼(招魂)

불빛 찾아 날아든 습성의 다리를 끊고 모가지를 비틀어 뒤집어놓았다
풍뎅이는 상모처럼 고개를 내두르며 빙글빙글 돌았다

한겨울 초가 처마에 들어가 잠든 참새를 손전등으로 비추어 잡았다
손바닥에 와 닿는 온기가 콩닥콩닥 뛰었다

들길 가로지른 꽃뱀을 쫓아 돌을 던졌다
돌에 찍힌 꼬리가 눌어붙는 나이롱 양말처럼 꿈틀거렸다

나락 익어가는 논둑길에 쥐약 탄 보리밥을 놓아두었다
마루 밑에 들어간 검둥개가 파란 불꽃을 내뿜으며 버둥거렸다

사이나 먹인 메주콩을 눈 그친 들녘에 뿌려놓았다
아침이면 기럭기럭 날던 밤하늘이 시옷자로 떨어져 있었다

이제는 입속의 칼이 된 살생이여
나 여기 공소시효가 없는 넋을 부른다

까치밥에 눈 온다

밤새 비바람 번갯불에 튀긴 강냉이가
땅에 떨어진 뒤에야
꽃인 줄 알았다고
눈 온다

머리빡 쇠똥도 덜 떨어진 풋감들이
노산의 짐을 덜었노라고
한여름 배꼽을 뗀 유산은
감꼭지벌레에게 육보시한 속살이었다고
눈 온다

늦가을 짧은 해
마지막 여문 뙤약볕이 털리고
앙상한 가지 끝에 몇 점
연등으로 내걸린 흐린 저녁 하늘
직박구리에게 붉은 가슴 찢어발기는
육신의 공양마저
침묵의 탑에 다다른 계절은
혼백으로 날아올라

눈 온다
송이눈 내린다

홀로세 이후

해남 진도를 잇는 18번 국도 우항리 바닷가
머릿속이 커다란 홀로세의 구경꾼들이
백악기가 그린 풍경의 흔적을 좇아
체온조절 능력이 상실된 발자국을 내려다본다
숨 가쁜 지식과 지혜의 달음박질로
앞만 보고 내닫는 홀로세의 여행객들이
부재의 무게보다 가벼운 경비행기를 타고
일만 년 동안 비가 내리지 않는
나스카 라인을 날아오른다
드넓은 사막에 펼쳐진 그림은
높이 올라가야 비로소 보이는 법
몸집이 너무 커서 노아의 방주를 타지 못한
공룡은 하늘을 나는 작은 새가 되었을까
땅금으로 그려진 기하학적 조형들이
까마득히 날아간 하늘을 올려다본다

해남 진도를 잇는 18번 국도 우항리 바닷가
홀로세의 섣달 그믐밤이 저물어가고
초하루 햇살로 진화한 생명체가

또 다른 공룡이 걸어간 발자국을 발견하고
생태계를 지배한 거대한 지혜는
자기조절 능력을 상실한 달음박질로
작아지고 멀어지고 사라졌다 이른다

침묵의 여름

개구리는 눈여겨보았을까
먼 우레가 치고
한 줄기 소나기가 몰려간 들녘
삼복의 찜통을 짊어진 채
무차별 고압 분무기를 내두르는
고된 농부의 땀방울을

농부는 한눈에 지나쳤을까
여름 한낮
무논에서 뛰쳐나온 개구리가
허연 배때기를 땡볕에 드러낸 채
앙다문 강직성 경련으로
바르르 떠는 뒷다리를

별들은 한낮에도 보고 있을까
풀벌레 숨죽인 여름 들녘은
먹구름 틈새의 햇살 속으로
천둥 번개가 죽고 사는

침묵의 소리가 되어

한소끔 빗줄기로 쫓겨 가는 것을

개성적인 표현의 문체

맹문재

1.

송정섭 시인은 창의적인 표현으로 개성적인 문체를 확립시키고 있다. 선택한 제재들에 대한 감정을 단순하게 표출시키지 않고 거리를 적정하게 유지하면서 이상 세계를 정확하게 표현하고 있는 것이다. 그는 자신의 사상과 이 세계의 대상들을 융합시키기 위해 성실하게 표현한다. 그러므로 그의 시 작품에 나타난 표현들은 단순한 이미지나 묘사가 아니라 현실 인식이 밀착된 것이다. 자신의 체험을 이상 세계와 연계하기 위해 감정이나 사상을 최대한 결합시킨 것이다.

따라서 그의 표현들은 형식이나 표현 자체를 목적으로 하는 표현주의와는 구분된다. 이 세계의 대상들을 단순히 그려낸 것이 아니라 새롭게 인식하고, 내적인 감정을 독백하는 데 그치지 않고 총체적으로 인식한 표현이다. 결국 문체란 사람 그 자체라고 말한 뷔퐁(Buffon)처럼, 또는 문체란 사물을 보는 작가의 독자적인 방법이라고 말한 플로베르(Flaubert)처럼[1] 그는 이 세계를 개성적으로 반영하고 있다. 개성적인 문체로 보편적인 의미를 현현시키는 것이다.

이 세계와 개인의 내면이 분리되거나 이탈되지 않을 때 진중한 문체가 형성된다. 서로간의 토대나 지향이 달라도 배척하지 않고, 대립하거나 갈등이 있는 상태를 방치하지 않고, 방황하거나 격정에 휩싸이지 않고, 당위적인 세계를 추구한다. 이 세상에 존재하지 않거나 존재하기 어려운 세계가 아니라 지극히 인간다운 세계를 지향하는 것이다. 그리하여 창조적인 세계에 발을 딛는 한 인간 존재의 온기가 여실히 느껴진다.

> 돌림 홍역에 떠난 누이
> 열에 들뜬 이부자리 개어놓은 것이다
> 몹시 아픈 파열음으로
> 가위눌린 악몽 소스라친 것이다
> 납작 엎드린 뜨거운 한숨으로
> 가장 단단한 고요 열어젖힌 것이다
> 속곳 속의 속꽃 내보인 것이다
>
> 누이야, 누이야
> 열꽃 바람 따라가 꽃이 된 누이야

---

1 J. Middleton Murry, 『문체론 강의』, 최창록 역, 현대문학, 1992, 15쪽.

피는 자리 내보이기 싫다고
꼭꼭 숨어 피는 꽃도 있다고
연분홍 열꽃 속살이 수줍던 누이
돌림 홍역에 바람 들라
열에 떠는 문풍지 덧붙이고 오뉴월
솜이불 같은 진땀에 젖어
이제야 마른 꽃을 드러낸

—「화문석」 전문

위의 작품의 화자는 지울 수 없는 슬픔을 가슴속에 지니고 있
는데, "화문석"을 볼 때마다 되살아난다. 그것은 다름 아니라
"돌림 홍역에 떠난 누이"가 떠오르기 때문이다. 그 "누이"를 생
각하면 "몹시 아픈 파열음으로/가위눌린 악몽 소스라"치던 목
소리가 들린다. "납작 엎드린 뜨거운 한숨으로/가장 단단한 고
요 열어젖"히던 모습도 선명하다. "열에 떠는 문풍지 덧붙이고
오뉴월/솜이불 같은 진땀에 젖어" 있던 얼굴이 아프기만 하다.
그리하여 화자는 자신도 모르게 "누이야, 누이야/열꽃 바람 따
라가 꽃이 된 누이야"라고 외친다. 보고 싶은 마음을 절제하기
어렵고 미안한 마음을 숨길 수 없는 것이다.

그렇지만 작품의 화자는 자기 감정에 함몰되지 않는다. 꽃돌
의 모습을 "열에 들뜬 이부자리 개어놓은 것"으로, 또는 "속곳
속의 속꽃 내보인 것"으로 비유한 데서 보듯이 견고한 표현으로
담고 있다. "피는 자리 내보이기 싫다고/꼭꼭 숨어 피는 꽃도 있
다고/연분홍 열꽃 속살이 수줍던 누이"를 살려내려는 데서도 마

찬가지이다. 그리하여 "이제야 마른 꽃을 드러낸" "화문석"의 의미가, 곧 "누이"에 대한 사랑이 깊고도 무겁게 각인되는 것이다.

2.

송정섭 시인의 성실한 표현이 개인적인 영역에 국한되지 않고 이념이나 사회 상황을 반영하는 데까지 나아가기에 주목된다. 자연이나 현실을 단순히 모방하거나, 오락적인 즐거움을 추구하거나, 낯설기를 통해 독자들의 관심을 끌거나, 작품 자체를 독립적인 구조물로 존재시키지 않고, 그 모두를 융합시키고 있는 것이다. 결국 개인적인 감정을 보편적인 세계 인식으로 확장해 주제를 심화시키고 있다.

누르세요. 전화번호를 누르세요. 외상이면 소도 잡아먹는다는 말이 거저 떨어집니다.

바닥에 닿지 않고 튀어 오르는 공이 있던가요. 상하좌우로 흔들리는 로데오에 들면 주저 말고 황소의 잔등에 올라타세요. 황소는 뒷발을 하늘 닿게 쳐올리고 무소불위 뿔을 구르며 내달립니다. 기쁨 가득 스릴 만점이지요.

지레 떨어질까 겁먹지 마세요. 바닥으로 떨어져 도리 없는 뿔에 받히고 뒷발에 차이면 물건이 좀 깎인다 해도 남발한 미래가 돌려막는 날까지 바짝 고삐를 죄는 겁니다.

뜨거우면 뒤집으세요. 석쇠에 든 눈과 눈, 콩과 팥을 잽싸게 뒤집으세요. 시뻘건 화상을 입기 전에 뒤집지 않으면 소까지 잡아먹은 외상값을 떼어먹어도 좋습니다.

— 「빚 권하는 사회」 전문

위의 작품의 화자는 자신이 살아가는 세상을 "빚 권하는 사회"라고 진단하고 있다. "누르세요. 전화번호를 누르세요. 외상이면 소도 잡아먹는다는 말이 거저 떨어집니다."라고 풍자하고 있는 데서 여실하다. 실제로 이 자본주의 사회에서는 "바닥에 닿지 않고 튀어 오르는 공이 있던가요. 상하좌우로 흔들리는 로데오에 들면 주저 말고 황소의 잔등에 올라타세요."라고 "빚"을 적극적으로 권장한다. "빚"에 대한 부담감이나 불안감을 가지고 있는 당사자에게는 "황소는 뒷발을 하늘 닿게 쳐올리고 무소불위 뿔을 구르며 내달립니다. 기쁨 가득 스릴 만점이지요."라고 미래에 대한 전망으로 안심시킨다. "지레 떨어질까 겁먹지 마세요. 바닥으로 떨어져 도리 없는 뿔에 받히고 뒷발에 차이면 물건이 좀 깎인다 해도 남발한 미래가 돌려막는 날까지 바짝 고삐를 죄는 겁니다."라고 유도하기도 한다. 심지어 "뜨거우면 뒤집으세요. 석쇠에 든 눈과 눈, 콩과 팥을 잽싸게 뒤집으세요. 시뻘건 화상을 입기 전에 뒤집지 않으면 소까지 잡아먹은 외상값을 떼어먹어도 좋습니다."라고 감언이설로 꾄다.

자본주의 사회에서 "빚"은 큰 힘의 실체로 사람들을 조종한다. 취직을 준비하는 사람도 집을 마련하려는 사람도 주식 투자를 하는 사람도 움직인다. 사업을 준비하는 사람도 뉴스를 듣고 정치 상황을 전망하는 사람도 예외일 수 없다. 해고의 불안으로 밤잠을 이루지 못하는 사람도 날씨를 걱정하는 사람도 노년의 삶을 계획하는 사람도 "빛"의 변화를 분석하고 예측하고 심지어 혜택을 기대한다. "빛"은 자본주의 체제의 지배계급에 속하는 사람들에게는 이익과 풍요로움을 주지만, 피지배계급의 사람들에게는 빈곤과 상대적 박탈감을 준다. 그리하여 구성원들 간에 갈등이 생길 수밖에 없는데, 그 관계는 일방적이다. 대립 관계를 형성하지 못하고 한쪽은 다른 한쪽에 종속될 수밖에 없는 것이다.

강력한 이자의 힘을 지니고 있는 "빛"은 이해관계에 있는 사람들에게 결코 인상을 쓰지 않는다. 법을 어기지 않고 원칙을 지키며 명분과 실리를 상황에 따라 내세운다. 선택을 강요하지 않고 합리적으로 사무를 처리하며 목마른 사람에게는 생명수 같은 기회도 건넨다. 그리하여 아무도 맞서지 못하는데, 어쩌다가 대항했다거나 승리했다는 얘기가 사람들 사이에 돌기도 하지만 풍문에 불과하다. 농부도 회사원도 시민단체도 노동조합도 야당도 정부도 "빛"과의 전쟁을 포기한 지 오래이다. "빛"은 당당하게 사회적 권력을 행사하고 있는 것이다.

한국 사회는 "빛"이 지배할 뿐만 아니라 이념의 억압도 무시할 수 없다. 친일 청산을 하지 못했고 오랜 군부독재가 지배해온 데다가 분단국가를 극복하지 못한 특수한 정치 상황 때문에 연유한다. 그리하여 이분법적 이념은 일상생활에까지 영향을 미치고 있다.

피처 보크로 걸어 나간 주자가 루상에 선택받았다고 환호하는 사이, 희생번트로 진루한 2루 주자가 그곳에서 태어났다고 뽐내는 사이, 3루에서 태어난 주자가 3루타를 쳤다고 으스대는 사이, 클린히트로 압축된 불방망이가 헛스윙을 연발하는 사이…… 기립하여 애국가를 부른 관중은 지켜본다. 입장료를 치른 재미를 더 두고 본다.

한 점 차의 스코어가 뒤집힐지 모를 9회말 투아웃 이삼루. 풀카운트를 노린 타자의 풀스윙이 스핀 먹은 포물선으로 파울폴을 비껴갈지도 모른다고 생각하는 사이, 안쪽에 자리잡은 관중이 잽싸게 뜰채를 들어 공을 낚아챈다. 와하! 볼을 잡은 관중석은 단번에 허물어진다.

좌측이다. 우측이다. 아니다. 볼의 방향대로 놔두었다면 정확하게 파울폴을 맞혔을 것이다. 아니다. 이것은 누가 봐도 종북이다. 아니다. 북풍 조작이다. 수많은 막대풍선이 몸싸움을 벌이는 사이 입장료를 치르고 기립하여 애국가를 부른 관중이 하나둘 일어선다. 유통기한이 남은 경기는 아직 끝나지 않았다.

— 「파울볼 인디케이터」 전문

"피처 보크로 걸어 나간 주자가 루상에 선택받았다고 환호하는 사이, 희생번트로 진루한 2루 주자가 그곳에서 태어났다고 뽐내는 사이, 3루에서 태어난 주자가 3루타를 쳤다고 으스대는 사이, 클린히트로 압축된 불방망이가 헛스윙을 연발하는 사이……" 등은 자본주의 체제가 운영되는 상황이다. 경기를 보려고 모여든 "관중"들에게 "입장료를 치른 재미를" 보여주고 있는 것이다. 그런데 "한 점 차의 스코어가 뒤집힐지 모를 9회말 투아웃 이삼루. 풀카운트를 노린 타자의 풀스윙이 스핀 먹은 포물선으로 파울폴을 비껴갈지도 모른다고 생각하는 사이, 안쪽에 자리잡은 관중이 잽싸게 뜰채를 들어 공을 낚아"채는 일이 벌어졌다. "와하! 볼을 잡은 관중석은 단번에 허물어"질 정도로 큰 사건이 된 것이다.

그런데 이 상황은 하나의 스포츠 사건으로 취급되지 않는다. "볼의 방향대로 놔두었다면 정확하게 파울폴을 맞혔을 것이다. 아니다."와 같은 일로 취급되지 않고, 그 대신 "이것은 누가 봐도 종북이다. 아니다. 북풍 조작이다."와 같이 이념의 대립으로 비화되는 것이다. 그리하여 "입장료를 치르고 기립하여 애국가를 부른" 국민인데도 불구하고 몸싸움을 벌이고 급기야 서로를 탓하며 경기장을 떠난다. 스포츠 분야에조차 이념의 갈등이 개입되는 상황을 풍자하고 있는 것이다.

"종북"과 같은 용어는 이승만 정권에서 시작되어 지금까지 영향력을 발휘하고 있다. 해방이 되자 진정한 민족국가의 건설을 요망하는 국민들은 친일파의 숙청을 기대했지만, 미군정은 그와 같은 기대를 무시하고 자신들의 통치에 유리한 점을 내세워 친일파 인사들을 대거 등용했다. 미군정에 종속된 이승만 정권 역시 적극적으로 동조했다. 당연히 숙청되어야 할 반민족적

세력이 오히려 권력의 기반을 차지하게 되었다. 정부 수립 후 국회에서 친일파에 대한 숙청이 본격적으로 논의되어 반민특위(반민족 행위 특별 조사위원회)의 활동이 시작되었지만 이승만 정권의 비협조로 말미암아 아무런 성과를 내지 못했다. 오히려 이승만 정권은 매카시즘을 방어의 수단을 넘어 공격의 전술로 사용했다. 친일파의 숙청을 주장하는 사람들을 공산주의자로 덮어씌운 것인데, 미국과 소련에 의해 통치받고 있는 남북이 각각 단독정부를 수립할 정도로 격하게 대립하는 상황이었기에 국민들의 선택에 큰 영향을 주었다. 그리하여 독재정권은 정치적으로 필요할 때마다 매카시즘을 이용했다. 3·15부정선거를 규탄하는 시위대를 향해 배후에 공산당이 있다고 혐의를 덮어씌운 것이 그 단적인 예이다. 자신들의 반역사적인 행위를 참회하기는커녕 기득권을 지키기 위해 매카시즘을 적용해 반대 세력을 유린한 것이다.[2]

진정한 자유와 역사 발전을 위해서는 한국전쟁 이후 고착화된 반공 이데올로기의 탄압을 극복해야 한다. 아울러 자본주의 체제의 확대로 인해 비인간화와 물질주의가 심화되고 그에 따라 공동체의 가치가 소멸되고 인간 소외가 심화되는 현실에 맞서야 한다. 시인에게는 그것을 이루는 비법도 왕도도 없다. 따라서 성실하게 현실을 인식하고 표현해나가는 자세가 필요하다. 한국 사회의 암을 극복할 수 있는 한 방법인 것이다.

---

2 맹문재, 「반매카시즘의 시학」, 『시와시』, 2013년 겨울호, 13~14쪽.

암(癌)이란 녀석이
부패(疒)한 음식(品)을 산(山)처럼 해체하고
천지신명께 고하여 비는 제를 올린다

천지조화를 주재하는 모든 신령이여
저의 자살을 용서하소서
마른하늘 날벼락 같은 더부살이로
온갖 부정과 분노를 받고 태어나
수많은 목숨을 죽이고 죽는 저의 자살을 용서하소서
부패한 탐식의 뿌리를 도려내고
너나없는 치명적인 음독으로
뼈와 살이 타는 광선으로 죽이고 죽는
저의 동반자살을 용서하소서

저의 자살이 이 지구에서
굶어 죽어가는 어린이를 구원하게 하소서
세계의 절반이 굶주리지 않게 하소서
한 해 버려지는 음식물 쓰레기가 수백조에 달하는 이 세
상에서
비만으로 허비하는 몸매가 더 절실한
이 지구에서 제가 자살하는 소이가 까닭 없다 하소서

이제 그만 죽음을 죽이는 침샘이 넘쳐
목구멍 가득 부패하지 않게 하소서
자살하지 않게 하소서
태어나지 않게 하소서

—「암이 자살한다」 전문

"암(癌)이란 녀석이/부패(腐)한 음식(品)을 산(山)처럼 해체하고/ 천지신명께 고하여 비는 제를 올"리는 상황이야말로 한국 사회 가 추구하는 이상 세계이다. "암"은 자신이 "마른하늘 날벼락 같은 더부살이로/온갖 부정과 분노를 받고 태어나/수많은 목숨 을 죽"였다는 사실을 잘 알고 있다. 그리하여 "부패한 탐식의 뿌 리를 도려내고/너나없는 치명적인 음독으로/뼈와 살이 타는 광 선으로 죽이고 죽는" "동반자살"을 시도하고 있다. "암"의 자살 은 자신에 대한 책임에만 머무르지 않고 "이 지구에서/굶어 죽 어가는 어린이를 구원하게 하소서"라는 기도에서 보듯이 광의 적인 의의를 지닌다.

이와 같은 차원에서 보면 "암"은 신체적인 면에만 관계된 것 이 아니라 정신적인 면에 이르기까지, 또는 개인적인 면에서부 터 사회적인 면에 이르기까지, 내용적인 면에서부터 형식적인 면에 이르기까지 다양한 상징을 갖는다고 볼 수 있다. 자본주의 체제가 심화되고 매카시즘이 작동하는 것 또한 "암"의 상징으로 해석할 수 있다.

따라서 "암" 스스로 자신의 잘못을 인정하고 그에 따라 책임 지는 행동을 하는 데까지 사회 구성원들이 맞서야 한다. 시인이 창의적인 표현을 추구하는 것 역시 그 한 모습이다. 창의적인 표현이란 이 세계의 관점보다도 개인의 관점이 토대를 이룬다. 전통적인 언어나 가치 기준에 맞서 주체성을 지니는 것이다. 그 리하여 성실성이 요구되는데, 자신의 경험과 세계의 가치를 유 기적인 관계로 연결하는 위의 작품에서 볼 수 있다. 그리하여 작품의 표현이 격정적이지 않지만 환기력을 주고 있고, 이미지의 인상이 강하지 않지만 체험의 무게감이 크다. 진지하고 성실한 노력에 의해 개인의 인식이 보편적인 가치로 확대 내지 심화되고 있는 것이다.

3.

지하수 하나 뚫는데 서너 명의 개발업자가 손을 놓았다
수맥에 이르는 지하 암반층이 너무 멀고 깊다는 것

지하수를 잘 판다는 사람을 소개받았다
그는 비가 올 때까지
비가 내리지 않는 인디언 기우제처럼
믿어도 좋을 선금을 요구했다
허탕 셈 치고 돈을 주고 맡겼다
그는 포기한 업자가 굴착한 폐공을 파고 또 팠다

마침내 깊고 먼 꿈이 솟구쳤다
나는 마중 나간 해몽이 궁금했다

비법이랄 것도 없습니다
그냥 물이 나올 때까지 파는 겁니다

—「한 우물」 전문

"지하수 하나 뚫는데" 달라붙었던 "서너 명의 개발업자가 손을 놓"고 말았다. 그들은 "수맥에 이르는 지하 암반층이 너무 멀고 깊"어 지하수를 끌어올릴 수 없다고 변명했다. 그와 같은 상황에 "지하수를 잘 판다는 사람"이 등장했다. 마치 고사에 나오는 우공(寓公)이 세 자손을 데리고 돌을 깨고 흙을 파서 삼태기로 발해의 끝으로 옮긴 것과 같이[3] "포기한 업자가 굴착한 폐공을 파고 또" 파냈다. 그리하여 "마침내 깊고 먼 꿈이 솟구"치게 했다.

---

3 우공이산(愚公移山)의 고사는 다음과 같다. 태형산(太形山)과 왕옥산(王屋山)은 사방 700리나 되었고 높이가 만 길이나 되었는데, 기주(冀州)의 남쪽과 하양(河陽)의 북쪽 사이에 있었다. 북산(北山)의 우공은 나이가 아흔이 다 되었는데 산이 마주 보이는 곳에 거주했다. 그런데 북산이 막고 있어서 출입을 하려면 길을 우회해야 하는 불편이 있었다. 우공은 집안 식구들을 모아놓고 말했다. "나와 너희들이 힘을 다해 험준한 산을 평평하게 만들면 예주(豫州)의 남쪽으로 직통할 수 있고 한수(漢水)의 남쪽에 다다를 수 있는데, 할 수 있겠느냐?" 모두들 찬성했다. (중략) 하곡(河曲)의 지수(智叟)가 비웃으며 말렸다. "심하도다, 그대의 총명하지 못함은. 당신의 남은 생애와 남은 힘으로는 산의 풀 한 포기도 없애기 어려울 텐데 흙과 돌을 어떻게 한단 말이오." 북산 우공이 장탄식하며 말했다. "당신 생각이 막혀 있어 그 막힘이 고칠 수가 없는 정도구려. 과부네 어린아이만도 못하구려. 내가 죽더라도 아들이 있고, 또 손자를 낳으며, 손자가 또 자식을 낳으며, 자식이 또 자식을 낳고 자식이 또 손자를 낳으면 자자손손 끊이지를 않지만, 산은 더 커지지 않으니 어찌 평평해지지 않는다고 걱정할 필요가 있겠소." 하곡의 지수는 대꾸할 수가 없었다. 산신인 조사신(操蛇神)이 이를 듣고 산을 옮기는 일을 그치지 않을까 두려워하여 상제에게 호소했다. 상제는 그 정성에 감동하여 역신(力神)인 과아씨(夸蛾氏)의 두 아들에게 명해 두 산을 업어다 하나는 삭동에 두고, 하나는 옹남에 두게 했다. 이로부터 기주의 남쪽과 한수의 남쪽에는 언덕조차 없게 되었다. http://100.daum.net/encyclopedia/view/26XXXXX01039

"지하수를 잘 판다는 사람"의 방법은 간단했다. "비법이랄 것도 없습니다/그냥 물이 나올 때까지 파는 겁니다"라고 답변했듯이 선택한 길을 뒤돌아보지 않고 밀고 나아갔을 뿐이다. 분노한 제우스로부터 바윗덩어리를 언덕 위에까지 굴려 올려야 하는 형벌을 묵묵히 수행하는 시시포스처럼 "그는" 자신의 일을 운명적으로 여겼다. 또한 "비가 올 때까지/비가 내리지 않는 인디언 기우제처럼/믿어도 좋을 선금을 요구"할 정도로 자신감을 가졌다.

오르고 오르면 그 끝은 어디인가
오체투지로 한 뼘 더 가까이
한 발 더 높이 기어오르고 싶은
온몸의 길이
자꾸만 등을 떠민다

끝내 오르고야 말리라
아무도 밟지 않는 수직에 엎드려
가도 가도 가파른 정점에 다다르면
허공중에 풀어헤친 머리채가
텅 빈 고도를 바라본다

어디로 가야 하나
담쟁이는 질주하는 고속도로 갓길에서
방음벽을 움켜쥔 온몸으로
더는 오를 수도
내려갈 수도 없는 길을 흔든다

모두 앞만 보고 달린다

—「담쟁이」전문

"오르고 오르면 그 끝은 어디인가"라고 "담쟁이"는 자문하지만, 더 이상 고민하지 않는다. 자신이 존재하는 이유를 의심하거나 좌절해서 길을 포기하는 것이 아니라 선택한 목표를 향해 전진하는 것이다. 그리하여 "오체투지로 한 뼘 더 가까이/한 발 더 높이 기어오르고 싶은/온몸의 길이/자꾸만 등을 떠민다"고 말한다. 그 상황을 직설적으로 드러낸 것이 아니라 새로운 관점으로, 즉 "길"이 주체가 되어 "담쟁이"가 추구해야 할 방향을 제시하는 것이다. 그리하여 "끝내 오르고야 말리라"라는 "담쟁이"의 다짐은 견고하기만 하다.

"담쟁이"는 "아무도 밟지 않는 수직에 엎드려/가도 가도 가파른 정점에 다다르면/허공중에 풀어헤친 머리채가/텅 빈 고도를 바라"볼 수밖에 없다. "담쟁이는 질주하는 고속도로 갓길에서/방음벽을 움켜쥔 온몸으로/더는 오를 수도/내려갈 수도 없는 길을 흔"드는 존재이다. 그리하여 "담쟁이"는 "앞만 보고 달"려나간다. 때로는 "어디로 가야 하"는지 고민하지만 자신이 정한 길이기에 포기하지 않는다.

이와 같은 자세는 40여 년간 주물 작업에 매달려 청동 기술을 개발해 한국의 7대 불가사의로 알려진 다뉴세문경(多紐細文鏡)을 재현해낸 이완규 금속공예 조각가의 모습이기도 하다. 그는 주변 사람들이 쓸데없는 짓거리를 한다며 비웃고 심지어 미친 사람으로 취급했지만 아랑곳하지 않고 주물 작업에 매달렸다. "장인은 유물을 보면서 끊임없이 대화를 나눈다. '당시 장인은 어떻게 만들었을까' 라는 생각을 하며, 옛 장인과 같은 생각으로 만들어보면서 유물을 재현해낸다. 고정관념을 깨야만 제대로 된 청동기 유물 재현을 해낼 수 있다. 돌에 쇳물을 부으면 가스가 빠져나오지 못해 폭발한다는 것이 일반적인 상식이지만 나는 활석에 조각을 한 뒤 다뉴세문경과 청동검을 만들어내었다. 청동 주물을 해보지 않은 학자들로서는 도저히 이해 안 되는 일인 것이다."[4]라고 말했다. 그가 청동 주물에 매달린 이유는 무엇보다 자신이 그 일을 좋아했기 때문이다. 그리하여 주위 사람들이 인정해주지 않아도, 고역으로 눈이 나빠지고 손에 작업풍이 와도 그만두지 않고 마침내 민족의식으로까지 심화시켜 청동기 문화를 재현해낸 것이다.

자본주의 체제의 확장과 심화에 따른 병폐도, 한국 사회를 지배하는 메카시즘의 병폐도 하루아침에 극복될 수 있는 것이 아니다. 따라서 할 수 있다는 자신감을 가지고 "담쟁이"처럼 끈질

---

4 이완규, 『한국의 문화유산 청동기 비밀을 풀다』, 하우넥스트, 2014, 13쪽. 청동거울은 거울 뒷면에 달린 꼭지 또는 고리(紐)의 개수에 따라 분류하는데, 꼭지가 한 개 달린 청동거울은 단뉴경(單紐鏡), 2개 이상 달린 것을 다뉴경(多紐鏡)이라고 한다. 지금까지 출토된 100여 개의 다뉴경 가운데 3개를 제외하고 모두 고리가 두 개인 쌍유(雙紐) 형식이며, 꼭지가 5개 달린 다뉴경도 있다. 청동거울은 무늬의 치밀함에 따라 거친 무늬(粗文)와 고운 무늬(細文)로 나뉜다. BC 800~400년경에는 대체로 조문경이 등장하며, BC 400~200년경 조문경과 세문경 중간인 조세문경(粗細文鏡), 청동기시대 말부터 철기시대 초기로 이어지는 BC 200~50년경 세문경이 나타난다.

기계 밀고 나아가야만 된다. 그러한 모습이 성실한 표현에 의한 문체로 나타나는 것이다.

사상이나 감정이 정확히 전달될 때 바람직한 문체가 이루어진다. 모든 개별의 감정은 그 특수성을 잃지 않으면서 전달되어야 한다. 정확이라고 하는 것은 시인의 즐거움이라고 키츠(John Keats)는 말했다. 좋은 문체의 본질적 특질은 정확함이다. 1퍼센트의 정확함을 100퍼센트의 음악적 효과 때문에 희생시켜서는 안 된다. 모든 예술은 그 특질을 갖고 있기에 언어를 사용하는 예술가는 다른 매개의 도움을 청하기에 앞서 독자적인 가능성을 실현시키기 위한 노력이 필요하다. 문체의 본질은 정확함인데, 이것은 지적인 것도 정의적인 것도 아니고 감정적 의미의 정확함이다.[5]

송정섭 시인의 표현들은 성실성과 창의성이 확보된 개성적인 문체이다. 개인적인 사상과 이 세계의 가치를 성실하게 결합시키고 있는 것이다. 따라서 그의 시작품에 나타난 문체에는 이상 세계를 지향하는 현실 인식이 내포되어 있다. 시인의 내면과 이 세계의 가치가 분리되거나 배척되거나 대립하지 않아 지극히 진중하고 인간적인 체취가 느껴지는 것이다.

孟文在 | 문학평론가 · 안양대 교수

---

5 J. Middleton Murry, 앞의 책, 86~101쪽.